이 책의 수익금은 저자가 기부금으로 사용합니다.

많은 성원 부탁드립니다.

모든 독자님들 행복하세요.

에로스

에로스

2023년 3월 20일 제 1판 인쇄 발행

지 은 이 | 김현숙
펴 낸 이 | 박종래
펴 낸 곳 | 도서출판 명성서림

등록번호 | 301-2014-013
주　　소 | 04552 서울시 중구 삼일대로8길 17 3~4층(충무로 2가)
대표전화 | 02)2277-2800
팩　　스 | 02)2277-8945
이 메 일 | ms8944@chol.com

값 12,000원
ISBN 979-11-92945-18-7

섬세한 표현으로 사랑을 녹여낸 시

秀瑛 김현숙 제3시집

도서출판 명성서림

시인의 말

꽃잎 한 장만 흔들려도 가슴 뛰던 날이 있었다면
사랑 때문에 가슴 아픈 날도 있었으리라.
희로애락을 담기 위해 나는,
목각인형을 깎는 심정으로 밤을 지새웠다.
누군가의 가슴에,
촉촉이 스며드는 한 권의 시집이 되길 바라는 마음이다.
특별히,
해설을 제가 직접 썼으니
해설까지 잘 읽어 주시면 감사하겠습니다.

2023년 봄에
秀瑛 김 현 숙 올림

2

먼 훗날

4

콘
돔

Eros

1

울때를 기다리며

망망대해에도 시간이 흐르고
우리가 그 물의 시간을 기다리는 동안
나의 하루가 붉게 떠오른다

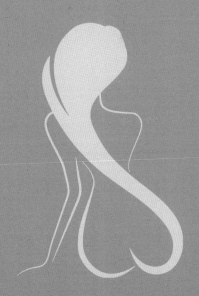

낙화

툭, 꽃이 진다

맥없이 지는 사랑 한 잎

기다림이 떨어지는 소리가 아프다

가슴에 묻어둔 진한 향기가 비에 젖는다

꽃잎의 생활은 저마다 이야기를 품고 있다

만나는 날이 있으면 헤어지는 날도 있다는 것을

꽃은 이미 알고 있다

저리 지는 겸허를 붉게 배운다

버킷리스트

번지점프를 하러 갔다

아이들이 눈앞에 어른거렸다

몇 번이나

아이들의 얼굴을 들이마시고 뱉어내고 하였다

설마 이대로 가는 건 아니겠지?

아직 해야 할 일이 많이 남아 있는데

한 마리 새가 되어 낙하를 했다

별이 빙글빙글 지나가고

스치는 이름들이 바람에 맴돌았다

휘청거리는 밧줄에

휘청거리는 찰나들이 눈을 감겼다

내 생의 점프를 한 번쯤이라 적었다

지심도의 동백

물살에 어리는 빨간 동백꽃을
술잔에 띄워 마셨다

오래전 헤어진 여인의 입술을 닮았다

나는 우연히 만난 동갑내기 여인과
술잔을 기울이며 회포를 푸는 동안
그녀의 눈매에 취하고
이야기도 무르익어 갔지

해녀의 숨결로 채취한 멍게는
그리움을 알게 하는 바다의 향이었다
해녀가 운명 속을 잠수하는 동안
우리는 숲을 거닐거나
사진을 찍거나 먼바다를 바라보았다
그리고 뱃고동 소리가 들리는 선착장으로 와서
인연을 마무리했다

해마다 동백꽃이 필 때면

그 섬의 동백을 떠올리며

한 줄의 붉은 연서를 쓴다

내 마음의 태양

태양이 떠오르는 것은
그리움을 밝히기 위해서다

바다 깊은 물을 데우고 익혀서
붉게 타는 등불 하나

얼마나 뜨거워지면
그리움을 토해낼 수 있을까

내 마음의 태양 하나가
당신의 향기를 탐내고 있다

향기의 바람을 삼켜버린
당신을 비추며 살고 싶다

맥문동꽃 필 무렵

왕버들 그늘로 오세요
보랏빛 꽃들이 바람결에 살랑입니다

당신은 내 무릎을 베고 잠이 들고
나는 당신의 얼굴을 보듬으며 세상을 봅니다

뿌리마다 맺힌 사랑의 열매는
그리움이 서린 담벼락 모퉁이
보랏빛 계절입니다

비가 오면 비를 맞고
바람이 불면 바람에 흔들리며
우리들의 8월을 가슴에 담습니다

8월이 피워낸 맥문동꽃은
당신과 나의 숨결입니다

물때를 기다리며

고요한 바다는
잠시 물살의 힘을 키우는 중이다

넘치지 않을 만큼만 담기 위해서
가끔은 파도치고 해일을 일으킨다

달이 차서 바다로 기울어지면
바다를 질주하던 부시리 떼가 몰려오는 시간이다

작은 것은 놓아주는 어부의 마음을
갈매기들은 알고 있다

바다가 키운 어류들은 비늘의 각을 세우고
파도가 키운 해조류들은 매끈한 꼬리를 흔든다

부시리는 뭍으로 나가서 한 점의 술안주가 된다

살아가면서 우리는 만나고
또 약속도 없이 헤어지기도 하며
새로운 날을 기다리며 살아간다

망망대해에도 시간이 흐르고
우리가 그 물의 시간을 기다리는 동안
나의 하루가 붉게 떠오른다

말 배우기

눈치가 빠르면 알아듣고 눈치가 없으면 알아들을 수 없는 말이 있어 어른이고 싶지만 꼰대라고 불리지 은어銀魚가 역류해서 민물로 올라오듯이 나도 세월을 거슬러 배워야 할 언어가 있어 말을 배우기 전에 검색을 먼저 배워야 해 인터넷을 모르면 말을 배울 수 없거든 손가락도 까딱 않고 정보를 얻으려는 사람을 핑거 프린스 앤 핑거 프린세스의 약자 핑프라고 하지 너는 핑프가 되지 않기를 바래 꼰대는 추억을 먹고살지 나 때는 말이야, 이걸 영어로 하면 뭐라고 하는지 아니? Latte is horse를 읽어보면 라떼는 말이야, 신기하지 핸드폰 없는 세상을 상상해 봤니? 길을 가면서 핸드폰을 보며 걷는 사람을 스몸비라고 해 횡단보도를 건널 때 너무 아슬아슬하지, 스마트폰 좀비니까 스몸비에겐 저기요, 길을 묻기도 어렵다는 걸 아니? 제발 길을 걸을 땐 핸드폰으로부터 자유로워졌으면 해 언젠가 나도 혼자 살아 보고 싶은 꿈이 있었지 혼밥과 혼술 맘대로 살고 싶은 일코노미를 꿈꾸었어 1인 가구에 이코노미를 더하면 내 꿈은 이룰 수 있거든 복잡한 세상에 편하게 살자는 것이 내 생의 마지막 목표야 삶의 방식이 고단하지 않으면 좋겠어 그걸 복세편살이라고 한다는 걸 잊지 마

사찰에 밤꽃이 피면

용문사 범종 소리에 노을이 붉다

늦은 산행에서 만난 노승의 미소가 눈 안에 살아 있다

밤나무꽃 향기를 품은 범종이 울고

꽃은 공중에서 피어 지상을 홀린다

언젠가 사람들은 그랬지

밤꽃 향기가 색기를 품고 있다고

신록에 저물어 가는 저녁

늦은 문안을 드리는 가슴이 뛰는데

부처님이 눈으로 웃는다

끼 많은 여자를 알아보셨는지

비트*

두통의 정체를 잊은 채
살아 온 날들이 어느 구석에 숨어 있었다

정곡을 찌르는 아픔도 풀이름 같았다

곰처럼 살면 다 되는 줄 알았다

도무지 내려가지 않는 혈압의 수치 앞에서
나는 풀의 효능을 믿을 수 없었다

고단한 하루가 혈관에 눌어붙어
유유히 흐르지 못하는 날들

흙 묻은 비트를 두통처럼 씻었다

고정관념을 도려내는 심정으로
껍질을 돌려 깎았다

* 비트 beet : 두해살이풀

꼬리

지구에서 사라진 것들은 말이 없다

꼬리뼈가 사라진 호모 사피엔스가
공동묘지 위를 둥글게 걸어 다닌다

사라진 말들이 꼬리를 물었다
흔들리는 바람에 천 리를 갔고
소문이 돌아와 내 가슴에 칼을 꽂았다

꼬리가 길면 침묵이 필요하다

밤이 깊어가는 것도 꼬리는 모른다
아픔들이 얼룩무늬를 만들어 놓는다

긴꼬리 여우원숭이의 꼬리가 탐나는 마다가스카르의 밤
나는 바오밥나무의 소문을 듣는다

당신의 칼

무딘 칼날의 날을 세운 적이 있다
군데군데 빠져나간 날의 이빨은 이제 버려두어도 좋다

그대로 보듬어서 쓰면 되는 거야

칼날은 원하는 부위를 도려내고
모양을 만들고 저미고 썰기도 한다

칼날의 끝은 상처 난 곳이나 썩은 곳을 도려낸다

당신의 칼은 가끔은 잔인하고 깔끔한 성질을 아낌없이 보여준다

칼잡이의 마음을 난도질하거나
도려내거나 잘라내어
뜨거운 물에 담그거나
매운 고춧가루를 풀기도 한다

세월은 단련될수록 진한 국물의 맛이 난다

칼날에 베인 손가락에서 흘린 붉은 피에
돌이킬 수 없는 아픔이 생기기도 한다

당신의 칼날 이제 무디어져도
칼에 대한 예의는 지금도 빛난다

밤비

베란다 차양에 또닥거리는 빗소리가
파문을 일으키며 흔들리는 밤
비에 젖은 댓잎이 바스락거리며
빗방울을 털고 있어요
영문도 모르고 깊어가는 밤하늘에
나는 서럽도록 하얀 눈물 보태고
그칠 줄 모르는 비의 사선이
여린 내 심중을 긋고 지나갑니다
떨어지는 빗방울은 이제
그리움이 마른 땅을 흥건히 적시고도 남습니다
내일은 촉촉한 땅에 장미 한 그루를 심겠습니다

또 계절이 지나가면 장미도 꽃을 피우겠지요
빨간 꽃잎에 구르는 빗방울을 보며
파문을 일으키며 흔들리던 그 밤을
이제는 잊었다고
놓아주었다고 말을 건네렵니다

매머드 뼈

코끼리를 닮은 거대한 동물의 뼈가 발견된다 사라진 것들은 언젠가는 모습을 드러낸다 복원 작업이 한창이다 흩어진 뼈를 맞추는 것은 몸통을 세우는 기초 작업이다 뼈에 숭숭 구멍이 나고 있다는 의사의 말에 나는 빙하기 마지막까지 살았던 매머드의 뼈를 생각한다 어금니가 빠질 즈음 올라오는 구취와 통증, 내 안에도 어린 매머드의 상아와 부러진 발목뼈가 있는 걸까 무게를 못 견디고 내려앉은 등뼈들의 무덤도 있겠지 골밀도 주사를 맞으면 약물이 온몸으로 퍼진다 내 안의 매머드 뼈를 복원하기 위해 척추를 일으켜 세운다 나는 어느새 거대한 매머드처럼 리엔드에 몸을 누인다 물리치료사의 손이 삐거덕거리는 짐승의 발굽 소리를 쓰다듬을 때 뼈의 마디들이 알펜호른을 불며 긴 호흡을 맞춘다 내 사랑의 조각들도 그리 맞추어질 수 있을까.

거미의 하루

공중에 매달린 거미 한 마리 바람에 웅크려 있다

긴 다리로 줄을 타는 날들이 점점 줄어든다

허기가 질 때 가느다란 거미줄이 아슬아슬하게 출렁인다

어쩌다가 걸려든 날벌레 한 마리

거미줄을 따라서 빙 돌다가 멀미가 나기도 한다

먹는 것이 부실해지면 거미는 다시 웅크린다

소화를 시키는 것도 힘들어진 몸뚱이

한때 많은 알을 낳아서 지상으로 퍼뜨리기도 했다

지금은 어디로 갔는지 빈집만 덩그러니 걸려 있다

거미의 텅 빈 집에도 사회복지사가 다녀갔다

오지 않는 자식을 기다리는 노모의 퀭한 눈을 닮은 거미를 보며

나의 하루가 목숨처럼 질기다는 것을 알게 된다

우데기

나리분지 당귀잎이 손바닥처럼 자라는 계절
겨울에 내린 강설량으로 토양은 당귀의 향을 힘껏 뿜어냈다

성인봉 아래 평지에 눈이 내리면
집의 기둥과 서까래와 대들보는 눈바람에 떤다
뼈대와 근육을 둘러싼 살은 갈대풀이다

길에는 사람 키보다 더 높은 눈이 쌓이고
지붕 위 하얀 눈은 햇살에 눈이 부시면
가족들은 오순도순 겨울 이야기를 풀어 놓는다

눈 내린 산으로 가서 노루도 몰고 오던 어린 시절처럼
우데기에 매달린 기다란 고드름이 녹아내린다

곧 해풍은,
봄을 데리고 오려나 보다

Eros

2

먼 훗날

저 물의 힘처럼 강한 욕망으로
사랑을 쏟아붓던
풋풋한 이야기를 한 줄로 남기고 싶습니다

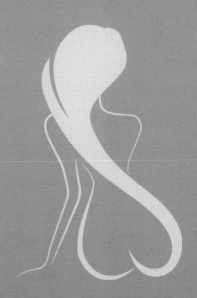

내 마음을 훔쳐봐

못생긴 게 모과라 했던가요
모과는 늘 멀리서 바라보아도
향기는 하늘을 채우고도 남아요

호박꽃은 어떤가요
호박꽃도 꽃이냐며 비웃지만
따끈한 호박죽 한 그릇에 그만 마음이 무너져요

관계도 그래요

한번 맺은 인연이
모과 향 풍기는 사람이면 더 말할 나위 없지요

내 마음에는 당신을 향한 꽃이 피어 있어요
사랑의 눈으로만 보이는 꽃 한 송이
당신의 입술로 훔쳐봐요

모과가 노랗게 익어가는 가을날에는
잊었던 기억을 떠올리며 아파도 좋을
사랑 하나로 푸르게 살아야겠어요

덫

별을 찾아서 헤매는데
길을 건너는 고라니 한 마리가 나타났어요

고라니의 붉게 빛나는 눈빛은
밤을 뜨겁게 태워버리고 싶은 수컷의 갈망이었지요

어찌 내 가슴이 이리도 먹먹할까요
산다는 것은 술에 취해 알몸으로 별을 찾다가
욕정의 덫에 걸려드는 것
오늘 밤 그 덫에 걸리고 싶습니다

별이 쏟아지는
찬란한 언덕 위에
사막을 걸어 온 나그네처럼 주차를 했어요

라디오를 켜고 누군가의 목소리를 찾아
우주에 주파수를 맞춥니다
밤하늘이 옷을 한 겹씩 벗을수록
별이 하나둘 내 몸속으로 파고듭니다

세상을 붉게 살아간다는 것은
사막에서 낙타의 눈을 통해
오아시스를 찾아내는 일입니다

삶이 시계처럼 정확해지는 날들은
오래된 톱니바퀴 한 개 뽑아버리고
밤하늘의 별이 되고 싶어요

내게로 와서 백허그를 해 보세요
바람 부는 언덕에서 카섹스는 어때요,
별이 찬찬히 내려다보는 자정 무렵

정적

플라타너스 이파리 사이로 햇살이 지나가네요
하늘이 맑고 아름답습니다
나도 당신에게 그런 사람이었나요

잘못 주문한 에소쁘레소가 달달하네요
한 모금씩 마시면서 당신을 기다리는 시간이
작은 기쁨이었다는 것도 불현듯 알게 되네요

커피숍으로 들어오는 당신의 웃는 모습에
나도 웃으며 맞이했어요
그땐 당신도 나를 무척이나 좋아했지요

마주 보는 눈빛 하나로도 사랑스러웠고
같이 있어도 모자라기만 한 밀어의 시간이
때로는 돌이킬 수 없는 밀물이 되기도 했지요

아시나요, 사랑은 견디는 것이라는 것을요

가슴이 아파야 더 견고해지고 성숙해지는 것을요

오늘 밤은 다시 찾은 사랑 앞에

옷을 벗어도 좋은 그런 순간입니다

뜨거운 갈망

큐피드 화살에 맞은 줄도 모르고 살아야 했네
지나가는 인연은 다 부질없다고 믿었던 거야
바보처럼, 바보처럼

눈보라가 치는 들판에도 붉은 장미는 피는데
청춘은 선택하는 것인 줄 몰랐네
목이 마를 때 물을 마시면 되는 것처럼

언제쯤이면 비너스의 사랑을 할 수 있을까
에덴동산의 아담과 이브처럼
원죄를 지어도 좋은 사랑

오늘 밤에는 신화 속에 나오는 인물들과 만나고 싶다
헤라클레스, 제우스, 헤라, 아프로디테, 아레스, 닉,
아르테미스……
누가 나의 이름도 불러 주시겠어요

신화의 명화들이 나를 유혹해요
남근의 핏줄은 왜 그리도 적나라한지요
저 그림을 그린 화가를 사랑해도 될까요

숲

거북이를 보면 생각나는 말장난이 있어요
한번 뒤집히면 일어나지 못한대요

그런데 사랑은 기적을 만들었어요

일어날 수 없는 태생적 불가능도
당신으로 인해 사라질 수 있었어요

장미모텔에는 당신이 누워 있었어요
한참을 망설이던 나는 당신에게로 갔지요
당신의 알몸은 왜 그리 뜨겁던지요

나와 당신은 몸의 중심부를 스크랩했어요
그곳에는 숲이 나타났어요
커다란 송이버섯 한 송이도 살고 있었죠

사랑의 요리를 시작했어요
송이버섯을 통째로 양념구이를 만들었죠
침대에서 하는 식사는 미슐랭 수준입니다

야생화

가을 들판으로 오세요
바람은 야생화를 흔들어 깨우고
당신의 바바리 깃을 세우고 지나가요

꽃잎 한 송이를 당신의 긴 머릿결에 꽂으면
당신은 여신이 됩니다
나, 당신을 사랑해도 될까요?

바람에 흩날리는 당신의 숨결을 담고 싶어요
S라인 몸매를 놓칠 수가 없어요
당신은 내게로 온 가을이니까요

저 들국화 숲속으로 달려가 주실래요
보랏빛 꽃향기가 당신을 부르고 있어요
포즈를 취해 보세요, 당신을 갈망해요

잠깐만요, 안 되겠어요
카메라 타이머 장치를 눌러야겠어요
당신의 영혼을 보듬고 미래를 빌려도 될까요, 찰칵

빙하시대

비비빅 아이스크림을 샀어요
아껴서 혓바닥으로 핥아 먹었지요

아이스크림을 먹는 일은 분명
내가 어릴 땐 유레카였어요
너무 많이 먹는 날엔 입속이 얼얼했지요

세월이 흘러 당신의 막대 아이스크림을 만났죠
나는 그것을 먹을 수가 없었어요

사랑이라는 이름으로 얼음이 되어 버린 당신을
녹인다는 것은 너무 잔인하잖아요

그건 오럴섹스의 비극입니다

그냥 갈매기의 가슴으로 당신을 품겠어요
빙하시대를 건너가는 사각거리는 소리가
들숨 날숨 들리는 우리들의 따뜻한 밤을 위하여

기다림

당신은 가도 향기는 남아 있어요
나는 밤이면 촛불을 켜고 기도를 해요
타들어 가는 심지는 흔들리면서도 꺼지지 않았어요

나는 당신을 믿어요
다시 돌아올 거라고
이렇게 내 마음이 움직이지 않는 것을 보면요

밤새 흘린 촛농은 촛대에 가득 녹아내렸어요
내 마음도 그렇게 녹아내린 거죠
나는 하얀 손수건으로 눈물을 닦습니다

문득,
들풀 냄새가 났어요
당신에게도 나에게도 잘 어울리는 향기였죠

아직도 당신은 그 향기를 좋아하나요?
마음도 몸도 떠나버린 이 순간
무심하게 저물어 가는 그리움이 붉게 타오릅니다

먼 훗날

물안개가 피어오르는 빅토리아 폭포는
거인의 오줌발이다
저 멀리 무지개가 수직으로 꽂힙니다

힘 좋은 사내가 만들어내는 사바나의 계절
급류에 휩쓸려도 좋을
당신을 향한 설렘입니다

우기는 가고 건기가 다시 찾아올 수 있을까요

세월이 가면서 점점 잊힌 얼굴들이
돌개구멍 속에서 맴돌고 있습니다

저 물의 힘처럼 강한 욕망으로
사랑을 쏟아붓던
풋풋한 이야기를 한 줄로 남기고 싶습니다

먼 훗날 당신은 가고
혼자 남은 시간이 어김없이 오면
나는 폭포 같은 사랑의 한 페이지를 넘기겠습니다

작품 하나

산새 소리 들리는 산속을 거닐다가
하늘 마를 만났어요
그때 서동요가 생각나는 건 왜일까요

선화공주와 서동이 뿌린 염문은
바람을 타고 동심을 흔들어 놓았죠

우리 결혼해도 될까요?

나는 당신의 정원입니다
날마다 당신의 손길이 필요합니다

나는 당신을 위하여 밥을 짓고
당신은 나를 위하여 사냥을 하며
우리들의 불타는 왕국을 만들어요

숲속에는 여우도 살고 토끼도 살지요
오늘 밤은 별을 몇 개는 따야겠어요

늪

여자는 까탈스러웠다
빨간 슬립의 끈이 섹시하게 떨렸고
얇은 입술은 초승달처럼 차가웠다

꽃뱀 같은 혓바닥을 날름거리며 허물을 벗어 던졌다

크로키를 하는 속도로 서로를 더듬어 갔다
빨간 줄 장미가 담장을 기어 올라가는 몸짓으로

남자는 체위를 슬며시 바꾸며
오아시스가 달아오른 여자의 비위를 맞추었다

여자는 나지막한 신음을 내며
탄탄해진 개불을 찾았다

푸른 밤하늘의 별들이 몇 번은 빛났고
남자의 아래 근육이 독 오른 파충류처럼 단단해졌다

사타구니가 붉은 꽃잎으로 물들었다
붉은 사과 한 알에 부풀어 오른 늪이 깊어져 갔다

낮잠

뱀이 허물을 벗는 것을 본 적 있어요

주체할 수 없는 원초적 본능에 내 몸이 부풀어 올랐어요

나뭇가지에 머리 부딪치며 허물을 벗겨내는 고통 누가 알까요

숲으로 가다가 붙잡힌 뱀이 토해낸 욕망을

당신과 나눠 마시고 취하는 밤

가슴보다는 몸으로 말하고 싶다고 능구렁이처럼 말했어요

부드러운 꼬리로 몸을 조이고 긴 혀로 구석구석 닦아주며

신이 허락하지 않은 사랑을 하고 싶었어요

나는 밤새 굴속에서 빠져나오지를 못했어요

한 번이 끝나면 다른 한 번이 타올랐어요

땅꾼들이 불을 지피며 연기를 피웠어요

빌어먹을 놈의 사랑, 내가 죽어도 좋을 꿈을 꾸고 싶었어요

댄스 댄서

5월의 장미 정원으로 오세요
태양이 내리쬐는 꽃밭에는
나비와 벌이 춤을 추며 날고 있어요

장미 향기가 진동하는 붉은 양탄자 위에서
캉캉드레스 치맛단을 팔랑거리며
당신과 손을 맞잡고 한바탕 춤을 추어요

한 줄기 바람이 지나갔어요
꽃바람인가 싶어 귀를 쫑긋 세우는데
꽃보다 더 아름다운 당신이 내 심장 속으로 들어왔어요

우리 다시 춤을 출까요
내미는 손끝으로 장미꽃 한 송이를 전합니다
당신의 환한 미소를 나는 믿으니까요

오늘 밤은 촛불 하나 켜 놓고 당신을 초대할게요
레드와인 한잔에 귓불이 붉게 달아오르면
나는 당신과 영원불멸의 불장난을 하고 싶습니다

사춘기

파랑새를 찾으러 숲으로 가본 적이 있나요?
개울물이 흘러가고 산새들이 지저귀지만
파랑새를 만났다는 사람은 없어요

당신은 파랑새를 잡기 위해 활을 쏘거나
엽총을 사용하거나
칼날 세우는 법을 배웠나요?

여자는 사소한 것에도 감동을 받아요

그런 사람 어디 없나요?

어릴 적 아버지는 남자는 다 도둑놈이라고 했어요
살다 보니 사람들은 늑대라고도 하더군요

여자들은 늑대인간들을 고르느라 혈안이 되기도 해요

파랑새를 잡고 싶은가요?

뜨거운 심장으로 마음을 열어보세요

늑대인간은 분명 달이 뜨길 기다리며 울부짖고 있겠지요

타는 목마름

먼 산에 가을꽃이 피었어요
옆구리가 시려 오는 것은 계절 탓인가요
당신은 아직 저 멀리 서 있는데

오늘은 털실로 짠 목도리를 마련했어요
커플룩으로 하고 싶어 당신 것도 준비했지요
당신은 아직 저 멀리 서 있지만

이런 마음을 당신은 아시나요
말 못 하는 그리움에
산해진미 밥상에도 쓸쓸한 바람이 분다는 것을

아마 당신도 그렇겠지요

거리를 거닐다가 흰 눈이 내리면
우연히 당신과 마주치고 싶습니다

텅 빈 시간이 머리 위에 쌓이고

검은 마스카라가 외로움으로 내려앉은 날에는

목마른 찻집에서 마음을 적십니다

이루어질 수 없는 사랑은 이렇게 아픈 건가요

세월이 흘러도 잊을 수 없는 당신의 사랑

아침 이슬처럼 영롱한, 뜨거운 하룻밤을 갖고 싶어요

Eros

3

코스모스 사랑

지난날들은 다 아름다워요
코스모스를 바라보며 지금도 속삭입니다.
나는 당신을 사랑했어요, 당신도 나를 사랑했듯이

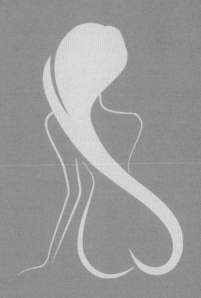

삶의 현장

어둠과 환기되지 못한 냄새가 바닥에 깔려 견디기 힘들어도
땀을 흘리며 일하는 공간
맨홀 안은 돈을 벌고 동료들과 대화를 나누는 곳입니다

어둠 속에서 반짝이며 내려가는 물소리는
무료함을 달래주기도 합니다

때가 되면 내려가고 때가 되면 올라와서
식사를 해결하고
가족에게 전화도 해 봅니다

혈관 같은 선이 지나가는 맨홀 안에서
돌아오는 시간이 늦어지면
불길함이 엄습해 옵니다
자꾸만 뉴스에 귀를 기울이게 되는 것은 오래된 습관입니다

코스모스 사랑

가을바람을 맞으며 걸어가는 길
코스모스는 말없이 미소를 보내 주네요
추억의 그림자를 밟으며 당신을 생각합니다

당신이 떠나던 날 젖은 눈시울로 코스모스를 보았어요
돌이켜 보면 지금은 당신을 잊은 듯도 해요
그때는 영원히 못 잊을 거라 생각했지만

코스모스가 흔들리는 들길을 걸으면
상쾌한 산들바람이 불어와서 속삭이네요
사랑의 눈길로 손을 잡아주세요

지난날들은 다 아름다워요
코스모스를 바라보며 지금도 속삭입니다.
나는 당신을 사랑했어요, 당신도 나를 사랑했듯이

노을에게 부치는 편지

헤어진 지 어언 몇 해가 되었습니다
낡은 시집을 읽다 잠시 커피를 마시며
그리운 사람들 하나둘 생각해 보지만
페이지마다 읽어내기는 쉽지 않습니다

올해도 먼 산에 단풍이 들고 있네요
마당으로 날아 온 이파리를 주워 봅니다
벌레 먹어서 구멍이 난 잎도 느낌이 좋아요
오래되고 낡은 것이 편안함은 이런 거겠죠
핸드폰 문자 메시지를 확인합니다

빨간 알림 표시에 숫자가 달려 있습니다
세월의 흐름이 묻어 있는 달력을 볼 때마다
생각나는 사람들의 문자가 눈에 들어옵니다

아련한 그리움을 답장으로 보냅니다
오늘도 내 마음에는 노을이 지겠지요
내일은 가을 잎처럼 붉어지고 싶습니다

허물

방 안에 허물들이 살아요
힘들다고 아우성대는 흔적들입니다
퀴퀴하고 쓸쓸한 기운만 감돕니다

방은 안락한 곳이 아니었나요
곰팡이도 방 안에 살고 있어요
공기가 오염되어 재채기가 자주 나요

누군가 등을 두들겨 주었으면 좋겠어요
거기 아무도 없나요?

방은 미로 같아요
제대로 찾을 수가 없어요
왜 이렇게 기억이 나지 않죠

안 좋은 습관을 골라내야겠어요

눈을 감으면 공간이 넓어져요
버려진 허물이 나에게 와서 말을 걸어요
넓어진 공간에 꽃씨를 뿌리자고요

겨울 속으로

너의 마음을 알아채기까지
몇 번의 계절이 지나갔어

너의 마음이 겨울로 이어지고 있을 때
종이보다 얇은 얼음 위에서
눈물이 앞을 가렸지만 소리 내지 않았어
떠나간 마음 잡으려고 가슴 두들기지도 않았어

그래도,
하루를 맞이하며 삶을 찾아가는 시간
꿈에서 본 너의 추억도 찾아보았지

혼자 걷는 새벽길에 두려움이 엄습해 오는 것은,
너의 별이 보이지 않아서일까?

출근길에 하늘을 보는 사이
브레이크를 밟을 틈도 없이 차는 한 바퀴를 돌았고
죽음의 그림자 앞에서도 널 생각했어

길 한가운데서 나는 추억에 고립되었고

홀로서기를 하려고 안간힘을 썼던 거야

아찔했던 순간,

더 단단해진 얼음 위로 해가 떠올랐어

당신의 향기

가게 앞에 내놓은 모과를 샀어요
가을 햇살을 듬뿍 머금은 것으로 몇 개 골랐지요
울컥 올라오는 향기가 당신을 닮았어요

올해는 모과 향 가득한 집에서 겨울을 보내도 될 것 같아요
늦가을에 핀 노란 대국 몇 송이를 화병에 꽂으면
너무나 잘 어울리겠죠

성형한 듯 반듯하게 생긴 모과도 많지만
울퉁불퉁한 채로 익은 모과도 제법 있더군요
우리 그렇게 굴곡진 사연을 묻지 않기로 해요

모과 향이 가을을 물들이는 계절이 오면
머플러에 묻어나는 당신의 향기를 지울 수가 없어
지는 노을 속으로 당신 흔적을 묻습니다

연분홍 모과 꽃잎 흩날리는 화창한 봄날은 가고
모과를 닮은 당신은 아직도 내 마음에
늦가을 잘 익은 추억으로 남아 있답니다

은행나무 길

안개 속으로 손을 펼쳐 그리움을 받아내고
사람들은 사진을 찍으며 추억을 만든다

샛노란 은행잎을 밟으며
슬프고, 외로웠던 절망적인 것들을 지우면
한결 가벼워지는 여정이 된다

봄, 여름 지나 노랗게 익은 은행잎도
잎을 떨구며 제 몸을 보호하고
찾아오는 사람들이 웃는 자리를 만든다

먼 길을 걸어온 나도
벼랑 끝에 선 사람의 마음을 어루만질 수 있을 것 같다

은행잎이 떨어지고 나뭇가지가 앙상하게 드러나면
비로소 맑은 하늘이 보인다

내 텅 빈 가슴이 거기에 있다
가을이 떠나가고 있다, 텅 빈 그리움의
안개가 걷히고 있다

보랏빛 밀어

등나무 아래에서
먼 하늘을 보며 당신과 속삭입니다
보랏빛 등나무꽃이 줄기를 타고 내려와
우리들의 이야기 엿들을 때도 있지만
보랏빛 밀어는 사랑스러웠습니다

몰래 한 사랑이 얼마나 짜릿한지요
우린 평생을 살아가며
그해 여름 등나무꽃을 기억하면 안 될까요?

바람결에 등나무꽃이 향기를 보내오네요
바람 속에는 당신의 향기도 있어요
당신도 등나무꽃 향기를 기억하나요

등나무 그늘 벤치에 앉아서
등을 마주 대고 사랑을 나누며
미래를 꿈꾸던 우리들의 이야기들
등나무꽃 피는 계절이 오면
새록새록 살아나네요

오늘도 잠시 하늘을 바라보며

무심결에 등나무 아래로 갑니다

등나무꽃은 주렁주렁 내려와

보랏빛 꽃을 피우고 향기를 보내고 있네요

SNS 전송하는 밤

졸피신 한 알을 먹는다

잠들지 못하는 밤은

하루를 마무리하지 못하고 시간의 바퀴를 끌고 간다

베개를 끌어안고 뒤척이는 불면의 시간

이불을 뒤집어쓰고 악마를 만난다

LED 등을 껐다가 켰다가를 반복한다

어둠 속에 누워서 천장만 바라보는데도

요동치는 생각은 성을 쌓는다

성은 허물어지고 일어나 핸드폰을 들고

SNS에서 세상의 낯선 사람들과 대화를 시작한다

불면의 밤이 길어지고

창문 밖 가로등 불빛 주위로 날벌레들이 꼬이고 있다

누군가 올려놓은 장례식 사진에

애도의 글을 남긴다

삼가 고인의 명복을 빕니다.

삼가 고인의 명복을 빕니다

삼가고인의명복을빕니다

삶과 죽음이 뭐가 다르단 말인가?

망자에 대한 예의를 표하는 밤

어둠이 짙을수록 국화꽃은 하얗게 피어난다

거북이에게 말 걸기

갈라파고스섬의 작은 거북이 한 마리와 살고 있다
거북이는 날마다 눈을 껌벅이며 수족관 밖을 올려다보며
작고 맑은 눈동자로 애처롭게 동정을 구하고 있다
하늘이 흐린 날이면 거북이와 눈을 마주치며 말을 건넨다
 "안녕, 엄마를 알아보네, 머리가 영리하네, 맛있어,
갈라파고스로 가고 싶니?"
거북이에게 말을 걸면 거북이도 어느새 말 친구가 된다
때로는 갈라파고스에 대한 갈망에 뒤집혀서 발버둥 치며
첨벙거린다
그러면 수족관 물살은 파도가 되고 근육은 더 튼튼해지는
시간이 된다
손을 넣어 바르게 해 주면 거북이는 힘차게 헤엄치며 다가온다
기다려, 등딱지가 커지고 혼자서 바다를 건너갈 용기가 생기면
너는 갈라파고스로 돌아가게 될 거야
거기에 가면 너를 닮은 거북이가 사랑을 노래하고 있단다
너는 바다로 돌아가 모래를 파고 알을 낳아 부화하고
너를 닮은 새끼를 거느리고 해변을 거니는 대장이 될 거야
지금은 작은 수족관에서 꿈을 키워가지만
너의 조상이 원래 커다란 코끼리거북이라는 것도 잊지 마

어머니의 정성

간장에 꽃이 핀 걸 본 적이 있나요?
소금의 결정이 항아리 속에서 비늘처럼 반짝여요

간장에 꽃이 피는 해에는 운이 좋대요
어머니는 그 속설을 철석같이 믿었죠

콩을 삶고 짓이겨서 발효시킨 메주 한 덩이를
손 없는 날 받아서 장을 담그셨지요

바쁘게 살아가는 며느리에게도 보내고
애지중지 키운 딸에게도 보내셨어요

살아생전 하신 일이 자식 생각뿐이어서
봄볕에 익은 간장이 짭조름하게 익어가고

거친 손 마디마디에서 우러난 장맛은
세월이 가도 잊을 수가 없네요

어머니의 누런 장판 아랫목에선

곰팡이 핀 메주 뜨는 냄새가 나고

몽당빗자루로 하얀 곰팡이를 털던

어머니의 매운 손끝으로 세월을 뜨네요

안녕, 목도장

어디로 간 걸까?

주위를 두리번거리며 애타게 찾는
눈빛이 간절하다

음각과 양각이 선명할 때까지
나무의 살점을 깎아 내었다

파고 또 파고 불어내어
완성도 높은 글자만 남겼다

아로새긴 내 이름 석 자

혼인 신고를 할 때도
은행에서 돈을 찾을 때도
집문서를 계약할 때도
꾹꾹 찍으며

붉은 인주를 묻혔다

네 하얀 살결에 눈물 같은
붉은 물이 들었다
오늘 오래된 꽃 한 송이가 졌다

모나크나비

로키산맥을 넘은 모나크나비는
아름다워지기 위해서 동면을 한다
푸른 전나무를 주황색으로 물들이며
춥고 어두운 시간을 견딘다

애벌레 시절을 지나가는 번데기는
열흘 붉은 꽃처럼 날개를 펼친다
연둣빛 애벌레가 나비가 되기까지
푸른 잎사귀를 갉아 먹는 시간이 있었다
가난한 날들을 잊은 듯이

아기가 엄마의 젖을 먹는 힘으로
뼈와 근육을 키워내듯이
나비도 날개에 선을 그려 넣고 그 바탕에
화사한 주황 물감을 풀어 놓는다

생트 샤펠 성당의 스테인드글라스처럼
햇빛에 반사되는 날개의 비늘은 눈부시다
나비는 나풀거리며 퍼포먼스를 한다

찬 공기를 몰고 오는 눈바람에도
로키산맥의 폭설이 속절없이 녹아내린다
그래도,
하나의 생명은 겨울을 지나고 봄을 만난다

하울링*

귓가에 와서
날마다 속삭이는 당신의 소리
한 번도 알아듣지 못했지만
뒤돌아보면 당신의 음성
가슴에 뜨겁게 다가와
씨앗을 뿌려놓고 갔네

내 안에 일어나는
사소한 일상에서도
당신이 남기고 간 흔적들이
살아 숨 쉬고 있네

촛불 심지에 피어나는
기도의 꽃

하울링, 하울링
내 작은 서러움에
당신의 낮은 울림이
바람처럼 날아오네

어깨 위를 무겁게 짓누르던

삶의 십자가는

눈물이 되어

텅 빈 심장을 적시고 있네

* 하울링(howling) : 관심과 사랑을 기대하며 울부짖는 소리

장마

며칠째 비가 내려요
번개가 긴 밤의 모서리를 툭 치고 지나가고
나는 아직 원고지의 칸을 다 채우지 못하네요
무어라 이 마음 전할 수 있을지 몰라
밤이 먹먹하게 지나갑니다
창을 흔드는 천둥소리가 멀리에서 들립니다
당신도 비 내리는 밤이 무서운가요?
이불을 뒤집어쓰고 떨리는 마음 달래 봅니다
빛을 내뿜는 가로등이
홀로 빗물에 젖어들어요
내일은 당신의 안부를 물어야겠어요
샤프란 꽃향기가 방 안을 가득 채우는데
아직 비는 내리고 있어요
잘 자요, 장마 씨.

Eros

4

콘돔

분비액의 농도나 양이
사랑의 척도가 될 수 있을까
걸쭉하게 묻어나는 너의 사랑으로
콘돔이 젖는다, 내 몸에 사랑이 퍼져 간다

그녀는 열애 중

다시는 볼 수가 없었다
유난히도 작고 왜소한 외모를 한 그녀는
어디로 갔을까?

긴 머릿결 찰랑이더니
세상의 번뇌 모두 삭발하고
어느 산사의 목어를 두들긴다는 소문

들판에 꽃이 피고 밤하늘에 별이 빛나도
어긋난 사랑의 상처는 아물지 않고
세월만 덧없이 흘러가네

지독한 사랑은
아름다운 열매를 맺지 못하고
한 방울의 눈물이 되었네

아픔으로 멍이 든 붉은 단풍처럼

구름 없는 가을 하늘에 여백을 남기고

영혼을 달래며 살기로 했네

목어 소리 들려오는 산사의 밤

그녀는 부처님과 지금 열애하는 중이다

파미르의 늑대

파미르의 늑대는 이별보다 위험하다

내가 남느냐 네가 남느냐

깨어진 사랑을 운명이라 말하지 말자

견디지 못하고 쓰러진 복서는 패배자

일어나서 굶주린 늑대처럼 물어뜯어라

피 맺힌 한은 사랑의 열매를 맺는다

서로의 피가 섞여야 한 몸이다

피를 뿌려야 검은 바나나라도 먹을 수 있다

싸우다가 지쳐서 볼품없이 털이 빠져도

피비린내에 역겨워할 이유가 없다

날마다 피가 섞인 앵두 입술을 훔치고 싶다면

겨울날 파미르의 쓸쓸한 늑대가 되어보자

불나방

여름날 밤이었어요
바람을 쐬러 나갔다가
불빛 속으로 날아드는 불나방을 보았죠

사랑에 빠져 헤매는 한 사내의 순정 같았어요
백열등에 부딪히며 날개를 찢기는 아픔쯤이야
견딜 수 있다는 의연한 몸짓이 가슴을 찢습니다

반사되는 불빛 사이로 비늘 같은 운명이 흘러내립니다
바닥으로 떨어지는 마지막 순간을
보고야 말았습니다, 너무나도 선명하게

집으로 가는 길에 당신에게 문자를 보냅니다
당신에게 나는 어떤 존재인가요?
나, 이제 당신의 붉은 나비가 되어도 될까요

목각인형

당신과 내가 쌓은 산성의 이름은 사랑산성 입니다
하룻밤 사이에 쌓은 우리의 사랑이
이렇게 웅장하고 장대할 줄은 몰랐습니다

이것이 운명인가 봅니다
말하지 않아도 알 수 있는
우리들의 이야기는 밤을 지새우고도 남습니다

억겁의 세월이 흘러야 만날 수 있다는
신비로운 인연의 법칙은
실마리를 풀며 우리 곁으로 다가옵니다

원앙처럼 다정하게 살라고 다듬은
목각인형이 호수로 가지 못한 채
당신과 나의 사랑을 지키고 있습니다

견고하게 다져진 사랑에는

편견이 없습니다

오직 당신과 나의 믿음만이 견딜 수 있는 힘입니다

그래서,

당신은 나의 숨결입니다

밤의 빗장 풀기

당신의 정력은 안녕하신가요?
오늘은 당신과 야관문 차 한 잔을 마시며
밤의 빗장을 풀고 싶습니다

언젠가 만신을 찾아간 일이 있었죠
사실 우린 궁합이 잘 맞는지 궁금했거든요
눈치가 빠른 만신은 눈치를 살폈어요

우리의 기대는 빗나갔지만 사는 동안
나의 가슴은 언제나 부풀어 올랐고
당신의 사랑은 우후죽순처럼 기둥을 세웠죠

설레는 가슴으로 우리는 밤을 즐겼고
오작교를 건너며 사랑의 수를 놓았죠

당신과의 포옹과 키스 늦봄 같은 섹스의 추억
언젠가는 허무한 사랑이 될지라도
당신이 있어 행복했다는 이 말을 하고 싶습니다

우리의 기차는 예약이 필요 없다고

삭제된 사랑

내 마음에서 당신을 삭제하려 해요

나는 아직 당신을 다 알지 못하고

당신도 아직 나를 다 알지 못하는데

잠시 흔들렸던 사랑의 감정을

지우려 하는 것은

얼마나 이기적인 마음인가요

오늘 아침에는 내 손끝으로

혈관이 부풀어 올라

핏기가 솟은 당신의 음부를 만지작거렸어요

그런 당신을 탐색만 하는

탁자 위에 놓인 시계가 느리게 가고 있음을 확인하네요

핸드폰을 손에 들고 망설입니다

이루어질 수 없는 메시지 하나를 선택합니다

덜 익은 이름 하나가 흔적도 없이 떠나갑니다

홀가분한 마음으로 나는 당신을 놓아버립니다

낙엽처럼 날아간 사랑이

다시 돌아올 수 없는 사랑이

휴지통으로 속으로 들어가고 있습니다

핑크 대하 大蝦

어느 해 가을이었어요
우리는 대명항에 버스를 타고 갔지요
먼지가 풀풀 날리는 시골길은
해방감을 주는 신작로였어요

설렘으로 달려가니 바다가 나타나고
갈매기가 부둣가로 날아들었죠
사람들은 새우깡을 날려주며
좋아라, 깔깔대고 있었죠

먹거리를 찾아 두리번거리다가
소금구이 집을 발견하고
우리는 발길을 옮겼어요

왕소금을 수북하게 담은 냄비에
잿빛 대하를 가지런히 눕혀 놓았죠
놀란 대하들은 뜨거운 열정에 팔딱이다가
핑크빛으로 익어갔어요

대하가 익어가는 동안

눈을 뗄 수가 없었어요

오르가슴에 도달한 여인처럼

등을 굽히며 천국을 향해 달려갔죠

오늘 밤은

빨간 슬립으로 갈아입고

대하의 더듬이로 쾌락을 훑으며

밤이 뜨거운 바다로 가겠어요

콘돔

성인용품점은 언제나 성감대를 유혹한다
손이 떨리고 부끄러워지는 건 뭘까
호기심을 자극하는 욕구가 불꽃처럼 타오른다
로봇과 섹스해도 될 것 같은 순간이다

살면서 가장 편한 남자가 남편이듯이
가장 편한 섹스는 콘돔이다
내가 당신을 원하고 당신이 나를 원할 때
깊은 사랑의 늪으로 빠질 수 있어서 좋다

분비액의 농도나 양이
사랑의 척도가 될 수 있을까
걸쭉하게 묻어나는 너의 사랑으로
콘돔이 젖는다, 내 몸에 사랑이 퍼져나간다

배롱나무

뙤약볕에 익은 꽃잎이
붉은 단풍보다 붉다
별처럼 잔잔한 꽃잎이 모여서
몽실몽실한 한 송이 꽃을 만들었구나

부귀영화 누리라고
청명한 가을 하늘에
수북하게 수를 놓았나
조롱조롱 맺힌 꽃잎마다
벌들이 윙윙 찾아들고

천 길 낭떠러지로 낙화한
흔적이 남긴 백 일 동안의 생
전설을 부둥켜안고 살아야 하는
남정네 애끓는 순정을 아느냐

바람 난 고양이

아주 자그맣고 영악한 고양이 한 마리가

성지 주변을 어슬렁거렸다

사람들은 성모상 앞에서 기도하느라

고양이가 오는지 가는지도 모르지만

고양이의 동태를 파악하면서

핸드폰을 켜고서 몰래카메라를 찍었다

고양이는 눈치채고 잠시 성모상 주변에서 달아났지

그러다가 또다시 나타나곤 했어

그리움이었을까

못다 한 미련이었을까

성모상 앞에서 묵주기도를 하고

십사처가 있는 길에서 소리 내어 경배하며

순례의 길을 걷고 있었어

고양이는 나를 따라 오더니

내가 카메라를 들이대면

고개를 돌리곤 했어

아마도 부끄러움 타는 녀석인가 보다

야, 고양이야

너는 누굴 좋아해

나는 성모님이 좋아서 이곳에 왔고

또 예수님이 좋아서 기도를 하고 있어

너도 성모님을 좋아하는 것 맞지

아무래도 너는 예수님을 좋아하는 것 같지는 않아

속내를 드러내며 여기를 얼쩡거렸거든

수컷의 냄새가 나, 너에게서

별난 녀석 같으니라고 감히 누굴 넘보는 거야

성모님은 만인의 연인이라고

낙조

하루가 노을을 그리며 저물어 간다
와인 한잔을 들고 지는 해를 바라보며
지나온 날들을 혀끝으로 음미해 본다

한때 젊은 남자에게 마음 빼앗겼던 날이 있었지
지나고 나서야 사랑이 아니었다는 것을 알았어

그 얼마나 달콤했던가
비록 그 순간만은 진심이었고
다시는 맛볼 수 없는 풍경들이
나를 건드리고 지나갔지

몸은 당신을 그리워하고
마음은 너를 기다리는데
한 발짝도 다가설 수 없는 사랑의 거리가
두렵기까지 한 건 뭘까

저물어 가는 저녁놀이

저렇게 아름다운 걸 보면

나는 아직 희망이 보여

까치밥 한 알이 온통 속살을 드러내며

빨갛게 웃고 있잖아

우리 다시 한번 사랑해 볼까

용기를 내봐

너에겐 사랑할 자격이 있으니까

사랑굿

이거 하나면 장난감으로 충분해
불을 끄고도 코드를 꽂는 일은
이제는 아주 쉬운 일이야

어릴 적 교문 앞에 있는
떡볶이를 맛있게 먹었던 기억이 나

매운맛이 나면 낮에 사두었던 요구르트로
입가심하면 매운맛이 가시고
달콤한 맛이 온몸으로 사르르 퍼지지

너의 거친 숨소리가
내 가슴을 파고들면
나도 모르게 나는 너를 받아들이지

깊고 은밀한 그곳으로
보이지 않는 너의 사랑을
받아내는 것은 이젠 익숙해졌어

새로운 사랑은 추하다고 하지 마
풋풋하고 모자라는 순수의 별바다를 건너
어둠을 뚫고 깨어난 보름달

흐트러진 옷가지들 끌어당겨서
시들해진 장난감을 감싸봐
선악과를 따먹다가 걸린 아담과 이브처럼
부끄러움으로 사랑을 가득 채울테니

연리지

그 나무는 속이 텅 빈 채로
300년을 버텨 온 거야
속이 비었다는 것은 영양분도 빠지고
속살도 다 말라버렸다는 거겠지
300년 가까이 껴안고 산다는 것은
쉬운 일이 아니겠지

커피숍에 오는 사람들은
꼭 연리지를 둘러보고 가지
물기가 마르고 핏기마저 가셔버렸지만
품위를 지키는 것은 저 연륜이지

나이가 들고 병약해서
내 몸 하나 건사하기 힘들어지면
나도 저 연리지처럼 당신에게 기대고
이 험한 세상에 꿋꿋하게 서 있을까

머뭇머뭇 뒷걸음질을 치며
앙상한 가지를 바라보지
그래, 산다는 것은 서로 의지하는 거지
저 가지 사이로 보이는 하늘을 봐
이렇게 서로를 품고 있는 우리를
따뜻하게 바라보고 있잖아

암호 해독

전생에 너와 나는 무엇이었을까?

밤하늘 별은 아득히 멀어

손가락 끝으로 쏘아 올린 텔레파시는

너의 심장을 조준하지 못하고

옆길로 지나가기 일쑤였다

바람이 불고 비가 오면

더욱 그리워지는 님의 향기는

어쩌면 백합이었는지도 몰라

나는 위로를 받고 싶었지만

너는 이내 시들고 말았어

이렇다 할 이유도 없이

날마다 뿌려 놓는

너의 언어를 해독하는 것은

희열을 느끼게 했어

암호를 해독할 때면

너는 웃어주었고

하늘로 쏘아 올린 텔레파시는

언제쯤이면 만날 수 있을까?

기대가 되기도 해

아마도 우리 사랑은

암호를 더 많이 해독하는 날이 오면

별처럼 빛나게 될 거야

사랑의 향기

당신의 향기에 취하고 싶은 깊은 밤입니다
감싸 두른 타월 너머로 보이는 살결에서
평생을 사랑하고픈 향기가 납니다
또 샴푸 향기는 어떤가요
심장에 실금이 가기 일쑤죠
언제부턴가 당신의 포로가 되어가고 있어요

사랑의 마음을 들키고 싶지 않아 내색도 못 하고
가슴앓이한 시간이 이제는 후회가 되기도 하죠
6월의 길거리에는 회화나무가 푸르게 흔들리고 있습니다
그 거리를 당신과 걸으면 풀 비린내가 나요
아니 상큼한 향기라고 해야겠죠
가슴에서만 일렁이는 당신과의 시간을
오래오래 간직하고 싶은 게 나의 마음입니다
사랑의 향기를 보내드려요,
후
후
후.

해설

응집된 고아한 에로스적 시 세계

김현숙 시인

시집 한 권을 출간하려면 여러 가지 해야 할 일이 많다.

좋은 시를 쓰기 위해 수차례 퇴고를 거치곤 하는 데 그렇다고 좋은 시가 탄생 되는 것은 아니다. 그렇지만 이런 인고을 통해 탄생한 시가 독자에게 읽히고 공감되고 더 나아가 사랑까지 받을 수 있다면 저자로서 그보다 더 기쁜 일은 없을 것이다.

원고를 마무리하고 시 해설을 붙여야 하는 문제에 봉착하여 어떤 분께 시 해설을 맡겨야 할지 고민이 되었다.

필자의 제1시집은 시 해설 없이 출간했고, 제2시집은 이인선 평론가께 부탁하여 독자들이 필자의 시를 잘 이해할 수 있도록 써달라고 했었다. 그래서 이번 제3시집 출간을 앞두고 시 해설에 대한 고민이 컸다.

내가 직접 쓸까, 아니면 유명한 평론가께 부탁 해볼까, 고민하다가 내가 직접 쓰는 것이 나의 시를 가장 잘 알릴 수 있을 것 같아 용기를 내어 해설을 쓰기로 했다. 아니, 해설이라기보다는 자서에 가까울 것이다.

돌이켜보면 제1시집은 아무것도 모른 체 준비 없이 출간했고, 제2시집은 그런대로 준비하면서 수준을 좀 더 높이려고 애를 썼던 것 같다. 그렇다면 이번 제3시집은 어떤 수준의 시집으로 내야 할까, 고민하다가 나만의 색깔과 온도를 살려 내는 것이 좋을 것 같다는 생각을 했다.

누구나 한 번쯤은 쓰고 싶지만 그렇다고 세상에 함부로 내놓기는 어려운, 약간의 염려와 두려움이 있는 에로티시즘적 시집을 출간해 보기로 했다. 누구나 다 문정희 시인처럼 쓸 수는 없기에 나는 나만의 방식으로 사랑이라는 이야기를 섬세하면서도 아름답게, 그리고 가장 이해하기 쉽게 썼으며 읽으면서 생각하고 느끼고 전율하는 재미까지 맛볼 수 있도록 했다. 총4부로 구성하여 서정과 사랑 시를 각 30편씩 엮어 놓았다. 이제 한 편씩 이 시를 쓰게 된 동기와 해설을 이어 가도록 하겠다.

내면에서 빚어낸 미학의 깊은 향서

젊은 시절 한 번쯤은 멋진 오토바이를 타고 경춘가도를 달리고 싶고 남이섬에 가서 번지점프를 해 보고 싶은 소망이 있었다. 사람마다 죽기 전에 해 보고 싶은 꿈들은 다양할 것이다. 그 마지막 순간까지 해 보고 싶은 꿈은 이루어질까?

번지점프를 하러 갔다

아이들이 눈앞에 어른거렸다

몇 번이나

아이들의 얼굴을 들이마시고 뱉어내고 하였다

설마 이대로 가는 건 아니겠지?

아직 해야 할 일이 많이 남아 있는데

한 마리 새가 되어 낙하를 했다

별이 빙글빙글 지나가고

스치는 이름들이 바람에 맴돌았다

휘청거리는 밧줄에

휘청거리는 찰나들이 눈을 감겼다

내 생의 점프를 한 번쯤이라 적었다

-「버킷리스트」전문

얼마나 망설였을까? 이 위험한 소망을 이루기 위해 스쳐

가는 주변 상황들이 얼마나 두렵고 아찔했을까요. 생의 마지막 순간 앞에서 자신보다도 가족을 생각하는 마음이 고스란히 드러나네요. 그래도 버킷리스트 하나쯤 가지고 꿈을 키우며 살아가 보아요.

지심도의 동백꽃은 입소문이 나 있지요. 그래서 여행사를 통해서 혼자 여행을 떠났어요.

통영을 지나서 거제도에 도착하여 선착장에서 지심도 들어가는 배를 탔지요. 작은 섬을 한 바퀴 돌아보는 동안 일행이 생겼어요. 마침 나와 동년배 정도 되는 여인이었어요. 어쩌다가 말 한마디 걸게 되어 종일 식사도 같이하고 여행의 백미라고 할 막걸리 한잔도 기울였지요. 여기에서 시가 한 편 나왔지요. 이런 재미로 여행을 가지 않나 싶어요.

물살에 어리는 빨간 동백꽃을
술잔에 띄워 마셨다

오래전 헤어진 여인의 입술을 닮았다

나는 우연히 만난 동갑내기 여인과
술잔을 기울이며 회포를 푸는 동안
그녀의 눈매에 취하고
이야기도 무르익어 갔지

해녀의 숨결로 채취한 멍게는

그리움을 알게 하는 바다의 향이었다
해녀가 운명 속을 잠수하는 동안
우리는 숲을 거닐거나
사진을 찍거나 먼바다를 바라보았다
그리고 뱃고동 소리가 들리는 선착장으로 와서
인연을 마무리했다

해마다 동백꽃이 필 때면
그 섬의 동백을 떠올리며
한 줄의 붉은 연서를 쓴다

－「지심도의 동백」 전문

  나는 그 여인의 이름을 묻지 않았다. 그녀도 나의 이름을 묻지 않았다.
  참 인정머리가 없는 것이었을까? 그건 아닐 게다. 아름다운 풍경을 보며 휴식하고 싶은 마음으로 왔을 그 마음을 존중하고 싶어서 일 것이다. 몇 년이 지난 지금도 그 여인이 잊혀지지 않는다.

  나의 시댁은 옥빛 바닷물결이 아름다운 추자도이다. 나는 바닷물이 청색이거나 회색이거나 우중충한 색이라 생각하고 살았다. 그러나 결혼을 하고 추자도에 가서 여러 가지 바다색이 있고 옥빛이 있다는 것을 알았다. 그곳은 대부분

어업으로 생계를 이어간다. 나는 부시리회를 좋아하지 않았다. 그러나 간장 양념에 회를 찍어 먹으면서 부시리의 참맛을 알게 되었다. 그래서 바다를 바라보게 되고 어부에게 관심을 가지고 부시리를 관찰하게 되었다.

고요한 바다는
잠시 물살의 힘을 키우는 중이다

넘치지 않을 만큼만 담기 위해서
가끔은 파도치고 해일을 일으킨다

달이 차서 바다로 기울어지면
바다를 질주하던 부시리 떼가 몰려오는 시간이다

작은 것은 놓아주는 어부의 마음을
갈매기들은 알고 있다

바다가 키운 어류들은 비늘의 각을 세우고
파도가 키운 해조류들은 매끈한 꼬리를 흔든다

부시리는 뭍으로 나가서 한 점의 술안주가 된다

살아가면서 우리는 만나고
또 약속도 없이 헤어지기도 하며
새로운 날을 기다리며 살아간다

망망대해에도 시간이 흐르고
우리가 그 물의 시간을 기다리는 동안
나의 하루가 붉게 떠오른다

　　　　　　　　　-「물때를 기다리며」전문

　사람들은 남의 말하기를 좋아한다. 절대 비밀이야. 너만
알아. 이렇게 말은 하지만 그 소문은 천 리를 간다. 좋은 소
문이면 좋으련만 안 좋은 소문일 때는 큰일이 아닐 수 없다.
특히나 헛소문일 경우는 이 낭패를 어찌하면 좋단 말인가?
나는 긴꼬리 여우원숭이의 탐스러운 꼬리를 빌려서 헛소문
의 문제를 표현해 보고 싶다.

　지구에서 사라진 것들은 말이 없다

　꼬리뼈가 사라진 호모 사피엔스가
　공동묘지 위를 둥글게 걸어 다닌다

　사라진 말들이 꼬리를 물었다
　흔들리는 바람에 천 리를 갔고
　소문이 돌아와 내 가슴에 칼을 꽂았다

　꼬리가 길면 침묵이 필요하다

　밤이 깊어가는 것도 꼬리는 모른다

아픔들이 얼룩무늬를 만들어 놓는다

긴꼬리 여우원숭이의 꼬리가 탐나는 마다가스카르의 밤
나는 바오밥나무의 소문을 듣는다

- 「꼬리」 전문

최근엔 유튜브가 발달 되어 검정 되지 않은 소식을 많이
접하게 된다. 제대로 확인하지 않고 믿으면 얼마나 사회가
혼란해질까? 스스로 옥석을 가릴 수 있는 혜안을 가지도록
힘써야 할 것이다.

몇 년 전 나는 관절 통증으로 수술을 받기 위해 입원한
적이 있다. 수술 전문 병원이라 전부 수술 환자들이어서 다
리나 팔과 허리를 움직이기 힘든 환자들이었다. 대부분 나
이 드신 분들이었고 어쩌다가 젊은 사람이 다쳐서 오는 경
우도 있었다. 나는 오래전 사라진 매머드가 되어 부서지고
흐트러진 뼈를 맞추려고 침상에서 의사의 손길을 기다리
고 있었다. 많은 사람이 관절 질환으로 고생을 하고 지내
는데 삶의 질이 얼마나 떨어지는지 모른다. 늘 운동하고 근
력 관리를 잘해서 걷는 데 불편하지 않게 살아가길 바란다.

코끼리를 닮은 거대한 동물의 뼈가 발견된다 사라진 것들
은 언젠가는 모습을 드러낸다 복원 작업이 한창이다 흩어진

뼈를 맞추는 것은 몸통을 세우는 기초 작업이다 뼈에 숭숭
구멍이 나고 있다는 의사의 말에 나는 빙하기 마지막까지 살
았던 매머드의 뼈를 생각한다 어금니가 빠질 즈음 올라오는
구취와 통증, 내 안에도 어린 매머드의 상아와 부러진 발목
뼈가 있는 걸까 무게를 못 견디고 내려앉은 등뼈들의 무덤도
있겠지 골밑도 주사를 맞으면 약물이 온몸으로 퍼진다 내 안
의 매머드 뼈를 복원하기 위해 척추를 일으켜 세운다 나는
어느새 거대한 매머드처럼 리엔드에 몸을 누인다 물리치료
사의 손이 삐거덕거리는 짐승의 발굽 소리를 쓰다듬을 때 뼈
의 마디들이 알펜호른을 불며 긴 호흡을 맞춘다 내 사랑의
조각들도 그리 맞추어질 수 있을까.

─「매머드 뼈」 전문

 나는 몇 년간 아팠던 다리를 수술하고 새로운 희망을 찾
았다.
 마치 스위스 목동들이 알펜호른을 불어 소를 불러 모으
듯이 뼈는 회복의 신호를 보낸다.

 이 시는 에로 시를 쓰는 계기가 된 시다. 그동안 문예 창
작 수업을 하면서 과제로 제출한 시인데 김영산 교수님께서
이것을 연작시로 써 보라고 했다. 처음 제목은 모델이었다.
나는 교수님의 말씀에 힘을 얻어서 연작시를 20편까지 신
내린 듯이 썼다. 그러나 퇴고를 하는 과정에서 연작시에 하
나하나의 제목을 붙여서 다시 썼다.

여자는 까탈스러웠다
빨간 슬립의 끈이 섹시하게 떨렸고
얇은 입술은 초승달처럼 차가웠다

꽃뱀 같은 혓바닥을 날름거리며 허물을 벗어 던졌다

크로키를 하는 속도로 서로를 더듬어 갔다
빨간 줄 장미가 담장을 기어 올라가는 몸짓으로

남자는 체위를 슬며시 바꾸며
오아시스가 달아오른 여자의 비위를 맞추었다

여자는 나지막한 신음을 내며
탄탄해진 개불을 찾았다

푸른 밤하늘의 별들이 몇 번은 빛났고
남자의 아래 근육이 독 오른 파충류처럼 단단해졌다

사타구니가 붉은 꽃잎으로 물들었다
붉은 사과 한 알에 부풀어 오른 늪이 깊어져 갔다

– 「늪」 전문

　나에게 이런 끼가 있는지 몰랐다. 독자에 따라서 느끼는
감정이 다르겠지만 아름다운 언어와 소재들로 사랑을 표현
해 보려고 노력했다. 잘 읽고 곱씹어 생각해 보시고 저의 감

정을 시와 교감하는 시간을 가져 보세요.

 나는 어릴 적 별이 반짝이는 밤하늘을 보면서 자랐다. 칠흑같이 어두운 밤에 하늘의 별은 유난히 반짝였다. 그러나 그것을 본지도 너무나 긴 세월이 흘렀다. 별이 너무 보고 싶었다. 강원도 어느 산골 안반데기라는 곳에 가면 별이 쏟아진단다. 너무너무 가고 싶었지만 밤 길이라 무서워서 갈 수가 없었다. 마침 어느 프로그램에 안반데기 별이 반짝이는 장면이 나왔다. 나는 대리 만족이라도 할 수 있었고 그것을 계기로 밤하늘의 별과 산짐승들을 연상하면서 이 시를 써 내렸다.

> 별을 찾아서 헤매는데
> 길을 건너는 고라니 한 마리가 나타났어요
>
> 고라니의 붉게 빛나는 눈빛은
> 밤을 뜨겁게 태워버리고 싶은 수컷의 갈망이었지요
>
> 어찌 내 가슴이 이리도 먹먹할까요
> 산다는 것은 술에 취해 알몸으로 별을 찾다가
> 욕정의 덫에 걸려드는 것
> 오늘 밤 그 덫에 걸리고 싶습니다
>
> 별이 쏟아지는
> 찬란한 언덕 위에

사막을 걸어 온 나그네처럼 주차를 했어요

라디오를 켜고 누군가의 목소리를 찾아
우주에 주파수를 맞춥니다
밤하늘이 옷을 한 겹씩 벗을수록
별이 하나둘 내 몸속으로 파고듭니다

세상을 밝게 살아간다는 것은
사막에서 낙타의 눈을 통해
오아시스를 찾아내는 일입니다

삶이 시계처럼 정확해지는 날들은
오래된 톱니바퀴 한 개 뽑아버리고
밤하늘의 별이 되고 싶어요

내게로 와서 백허그를 해 보세요
바람 부는 언덕에서 카섹스는 어때요,
별이 찬찬히 내려다보는 자정 무렵

– 「덫」 전문

길을 건너던 고라니도 어느 숲속에서 암컷을 만나 사랑
을 나누었겠지요. 살아 있는 동물들의 본능이니까요. 살아
가는 동안 좋은 인연과 아름다운 사랑을 나누길 바라는
마음입니다.

뱀이 허물을 벗는 것을 본 적 있어요

주체할 수 없는 원초적 본능에 내 몸이 부풀어 올랐어요
나뭇가지에 머리 부딪치며 허물을 벗겨내는 고통 누가 알까요
숲으로 가다가 붙잡힌 뱀이 토해낸 욕망을
당신과 나눠 마시고 취하는 밤
가슴보다는 몸으로 말하고 싶다고 능구렁이처럼 말했어요
부드러운 꼬리로 몸을 조이고 긴 혀로 구석구석 닦아주며
신이 허락하지 않은 사랑을 하고 싶었어요
나는 밤새 굴속에서 빠져나오지를 못했어요
한 번이 끝나면 다른 한 번이 타올랐어요
땅꾼들이 불을 지피며 연기를 피웠어요
빌어먹을 놈의 사랑, 내가 죽어도 좋을 꿈을 꾸고 싶었어요

- 「낮잠」 전문

에덴동산에서 이브를 유혹했던 뱀은 얼마나 관능적인 동물이었을까? 사람들은 뱀을 징그럽다고 하면서도 정력에 좋다고 사담주를 만들어 마시기도 한다. 그 교활한 뱀을 소재로 사랑을 얘기한다는 것은 어불성설이 될 수도 있겠지만 나는 이 시를 상상하는 내내 너무 희열을 느꼈다. 그 가늘고 날렵한 혓바닥으로 신이 허락하지 않는 사랑을 나눈다면 얼마나 짜릿한 쾌감일까. 낮잠을 자는 동안 아름다운 사랑을 꿈꾸어 보세요.

삶이 힘들어지면 의욕도 없고 살림살이가 제대로 되지 않는 경우가 있다. 가끔 TV에 나오는 가정들을 보면 마음

이 아플 정도다. 어질러진 방에는 옷들이 정리도 되지 않은 상태로 그야말로 허물을 벗듯이 벗어서 널브러져 있다. 어떤 집은 쓰레기가 산더미처럼 쌓여 있어서 치우려면 엄두가 나지 않을 정도다.

방 안에 허물들이 살아요
힘들다고 아우성대는 흔적들입니다
퀴퀴하고 쓸쓸한 기운만 감돕니다

방은 안락한 곳이 아니었나요
곰팡이도 방 안에 살고 있어요
공기가 오염되어 재채기가 자주 나요

누군가 등을 두들겨 주었으면 좋겠어요
거기 아무도 없나요?

방은 미로 같아요
제대로 찾을 수가 없어요
왜 이렇게 기억이 나지 않죠

안 좋은 습관을 골라내야겠어요

눈을 감으면 공간이 넓어져요
버려진 허물이 나에게 와서 말을 걸어요
넓어진 공간에 꽃씨를 뿌리자고요

— 「허물」 전문

115

이렇게 불행한 공간이 있어서는 안 되겠지요. 누군가는 손을 내밀어 환경을 바꿔 주어야 할 거예요. 따듯한 마음들이 모이면 이 공간에도 꽃이 피어나겠지요. 우리 꽃씨를 뿌려보아요.

옛날에는 집집마다 장독대가 있었다. 간장 된장 고추장은 안주인이 다 담가서 먹던 시대였고

음식 맛은 장맛이며 안주인의 음식 맛도 여기에서 나온다. 좋은 장맛을 내기 위해서는 악귀가 활동하지 않는 날을 잡아서 장을 담갔다. 어린 시절 콩을 쑤어 말린 메주로 장을 담그는 것을 보면 집안의 행사였고 정갈하게 하려고 애쓰는 모습을 볼 수 있었다.

간장에 꽃이 핀 걸 본 적이 있나요?
소금의 결정이 항아리 속에서 비늘처럼 반짝여요

간장에 꽃이 피는 해에는 운이 좋대요
어머니는 그 속설을 철석같이 믿었죠

콩을 삶고 짓이겨서 발효시킨 메주 한 덩이를
손 없는 날 받아서 장을 담그셨지요

바쁘게 살아가는 며느리에게도 보내고
애지중지 키운 딸에게도 보내셨어요

살아생전 하신 일이 자식 생각뿐이어서
봄볕에 익은 간장이 짭조름하게 익어가고

거친 손 마디마디에서 우러난 장맛은
세월이 가도 잊을 수가 없네요

어머니의 누런 장판 아랫목에선
곰팡이 핀 메주 뜨는 냄새가 나고

몽당빗자루로 하얀 곰팡이를 털던
어머니의 매운 손끝으로 세월을 뜨네요

　　　　　　　　　　　– 「어머니의 정성」 전문

　봄볕이 따스한 날 나는 조심스레 장독 뚜껑을 열어보았다. 까맣게 우러난 장물에 반짝반짝 빛나는 수정 같은 물질이 있었다. 어머니는 장 꽃이 피었다고 했다. 검지로 장을 찍어 맛을 보았다. 짠맛이 달기까지 했다. 어머니의 믿음대로 운이 좋았으면 좋겠다.

　초등학교 졸업 후 중학교 입학 무렵 도장을 새겨야 했다. 친구네 아버지께서 도장을 새기는 일을 하셔서 거기에 가서 목도장을 한문으로 새겼다. 처음 가져 보는 도장이라 애지중지하다 보니 반평생을 함께 했는데 어느 날 갑자기 도장을 잃어버렸다. 하루 동안 갔던 곳을 다 가봤지만 찾지를

못했다. 집으로 돌아오는 발걸음이 무겁기만 했다. 첫사랑
과 이별한 느낌이다.

어디로 간 걸까?

주위를 두리번거리며 애타게 찾는
눈빛이 간절하다

음각과 양각이 선명할 때까지
나무의 살점을 깎아 내었다

파고 또 파고 불어내어
완성도 높은 글자만 남겼다

아로새긴 내 이름 석 자

혼인 신고를 할 때도
은행에서 돈을 찾을 때도
집문서를 계약할 때도
꾹꾹 찍으며

붉은 인주를 묻혔다

네 하얀 살결에 눈물 같은
붉은 물이 들었다

오늘 오래된 꽃 한 송이가 졌다

– 「안녕, 목도장」 전문

도장은 참으로 중요한 일에 사용된다. 그래서 좋은 도장을 가지고 싶어 하고 도장집도 좋은 것으로 마련한다. 특히 인감도장은 더 몸값이 좋은 도장이다. 소중한 물건을 잃어버렸을 때의 심정은 누구나 같을 것이다.

잠깐 스쳐 간 인연이라도 기억에 남는 사람이 있다. 그녀는 왜소했고 눈동자가 맑은 비구니였다. 경상도 어느 사찰에서 기거한다고 했는데 서울까지 독학사 시험을 보러 왔다. 비구니였다는 것이 참 인상적이었는데 시험을 치고 나면 길상사로 갈 생각이란다. 우리의 인연은 여기까지였다. 세월이 많이 흐른 후 나는 그녀의 수험표를 영어책 속에서 발견했다. 이름이 박은영이었다. 나는 길상사에 꼭 가보고 싶었다. 그녀가 그곳에 있지 않다는 것을 알고 있지만 그녀의 불심과 고운 마음씨를 느껴보고 싶어서다.

다시는 볼 수가 없었다
유난히도 작고 왜소한 외모를 한 그녀는
어디로 갔을까?

긴 머릿결 찰랑이더니

세상의 번뇌 모두 삭발하고
어느 산사의 목어를 두들긴다는 소문

들판에 꽃이 피고 밤하늘에 별이 빛나도
어긋난 사랑의 상처는 아물지 않고
세월만 덧없이 흘러가네

지독한 사랑은
아름다운 열매를 맺지 못하고
한 방울의 눈물이 되었네

아픔으로 멍이 든 붉은 단풍처럼
구름 없는 가을 하늘에 여백을 남기고
영혼을 달래며 살기로 했네

목어 소리 들려오는 산사의 밤
그녀는 부처님과 지금 열애하는 중이다

- 「그녀는 열애 중」 전문

　몇 년 전 길상사를 갔다. 여름날 아름답게 피었던 꽃무릇은 흔적도 없고 낙엽이 지고 있었다.
　고즈넉한 사찰에 목탁 소리 들리는데 그녀도 지금 어디에선가 목탁을 두드리며 부처님처럼 살고 있겠지요.

굶주린 늑대는 사냥감을 찾아 나설 것이다. 배가 고픈 늑대도 있을 것이고 사랑이 배고픈 늑대도 있겠지. 사람도 마찬가지야. 둘 다 포기하며 살 수는 없잖아. 배가 고프면 죽을 수도 있고 사랑이 고프면 삶의 의미가 없을 것이고 종족 번식도 없을 것이고 인류는 사라질 위험도 있겠지. 중앙아시아 남동부에 위치한 파미르 고원에는 양과 늑대 설치류들이 산다고 한다. 늑대는 마음만 먹으면 약한 설치류들을 잡아먹을 것이다.

파미르의 늑대는 이별보다 위험하다

내가 남느냐 네가 남느냐

깨어진 사랑을 운명이라 말하지 말자

견디지 못하고 쓰러진 복서는 패배자

일어나서 굶주린 늑대처럼 물어뜯어라

피 맺힌 한은 사랑의 열매를 맺는다

서로의 피가 섞여야 한 몸이다

피를 뿌려야 검은 바나나라도 먹을 수 있다

싸우다가 지쳐서 볼품없이 털이 빠져도

피비린내에 역겨워할 이유가 없다

날마다 피가 섞인 앵두 입술을 훔치고 싶다면

겨울날 파미르의 쓸쓸한 늑대가 되어보자

-「파미르의 늑대」 전문

왜 무서운 늑대를 사랑꾼으로 끌어들였을까? 그만큼 사랑의 쟁취는 치열한 것이다. 그냥 어영부영해서는 사랑하는 사람을 차지할 수 없다. 억겁의 인연을 만나기가 어디 쉬운 일이겠는가?

사랑을 차지하기 위해서 쓸쓸함도 배고픔도 다 견뎌야 한다. 부디 좋은 인연을 만나기를 바란다.

옛날에는 신혼집에 가면 목각인형이 더러 있었다. 색깔이 고운 원앙도 있고 신랑 각시 인형도 있다. 목각 마네킹이나 아이들이 좋아하는 피노키오도 있는데 조각도로 정밀하게 깎아서 매끈하게 다듬자면 얼마나 손이 거칠어지고 또 손은 베이기 일쑤일 것이다. 조각가의 의도에 따라 슬픔도 담고 기쁨도 담아서 깎고 또 깎았을 것이다.

당신과 내가 쌓은 산성의 이름은 사랑산성 입니다
하룻밤 사이에 쌓은 우리의 사랑이

이렇게 웅장하고 장대할 줄은 몰랐습니다

이것이 운명인가 봅니다
말하지 않아도 알 수 있는
우리들의 이야기는 밤을 지새우고도 남습니다

억겁의 세월이 흘러야 만날 수 있다는
신비로운 인연의 법칙은
실마리를 풀며 우리 곁으로 다가옵니다

원앙처럼 다정하게 살라고 다듬은
목각인형이 호수로 가지 못한 채
당신과 나의 사랑을 지키고 있습니다

견고하게 다져진 사랑에는
편견이 없습니다
오직 당신과 나의 믿음만이 견딜 수 있는 힘입니다

그래서,
당신은 나의 숨결입니다

– 「목각인형」 전문

    당신의 침실에는 호수로 가지 못한 목각인형이 있나요?
사랑을 지키기 위해서 목각인형은 떠나지 못하고 든든하게
곁을 지키고 있을 겁니다. 바로 곁에 있는 좋은 사람에게 사

랑의 숨결을 나누어 보세요.

　이별은 언제 어느 때 찾아올지 모른다. 믿었기에 이별을
예감하지 못했고 사랑했기에 이별은 마음이 아프다. 이별
을 통보하는 사람도 있고 이유도 없이 헤어져야만 하는 일
도 있다. 깊고 아름다운 사랑은 남이 봐도 아름다워 보인다.
어설픈 사랑은 늘 불안하고 아슬한 그네를 타는 모습이다.

　　내 마음에서 당신을 삭제하려 해요
　　나는 아직 당신을 다 알지 못하고
　　당신도 아직 나를 다 알지 못하는데
　　잠시 흔들렸던 사랑의 감정을
　　지우려 하는 것은
　　얼마나 이기적인 마음인가요
　　오늘 아침에는 내 손끝으로
　　혈관이 부풀어 올라
　　핏기가 솟은 당신의 음부를 만지작거렸어요
　　그런 당신을 탐색만 하는
　　탁자 위에 놓인 시계가 느리게 가고 있음을 확인하네요
　　핸드폰을 손에 들고 망설입니다
　　이루어질 수 없는 메시지 하나를 선택합니다
　　덜 익은 이름 하나가 흔적도 없이 떠나갑니다
　　홀가분한 마음으로 나는 당신을 놓아버립니다
　　낙엽처럼 날아간 사랑이
　　다시 돌아올 수 없는 사랑이

휴지통으로 속으로 들어가고 있습니다

-「삭제된 사랑」전문

지금 만나는 사랑하는 사람이 있나요? 혹시 핸드폰을 만지작거리며 보내온 문자를 확인해야 할지 말아야 할지 고민하고 있지는 않나요? 섣부른 사랑은 아프지만 서로의 행복을 빌며 놓아주면 어떨까요?

여고 시절 짝꿍은 어릴 때 서랍에 있는 콘돔으로 풍선을 불었다고 한다. 사실 그때는 그것이 무엇인지 몰라서 가지고 놀았다고 하는 에피소드였다. 산아제한을 하기 위한 도구로 한때 집집마다 콘돔이 있었던 적이 있다. 그 시절에는 금기어 같은 단어였고 그저 부끄러워서 숨겨두고 사용하는 성 도구였다.

성인용품점은 언제나 성감대를 유혹한다
손이 떨리고 부끄러워지는 건 뭘까
호기심을 자극하는 욕구가 불꽃처럼 타오른다
로봇과 섹스해도 될 것 같은 순간이다

살면서 가장 편한 남자가 남편이듯이
가장 편한 섹스는 콘돔이다
내가 당신을 원하고 당신이 나를 원할 때

깊은 사랑의 늪으로 빠질 수 있어서 좋다

분비액의 농도나 양이
사랑의 척도가 될 수 있을까
걸쭉하게 묻어나는 너의 사랑으로
콘돔이 젖는다, 내 몸에 사랑이 퍼져나간다

- 「콘돔」 전문

요즘 콘돔은 마트에도 있고 약국에도 있고 숙박업소에는 어김없이 준비되어 있다.

그만큼 흔한 생활용품이 되고 있다는 뜻이다. 부끄러울 것도 없고 눈치 볼 것도 없이 사용된다. 문명이 급속도로 발전하고 있다. 여기에서 눈여겨볼 것은 사람이 아닌 로봇과 섹스가 가능하지 않을까 하는 추론을 해 본다. 먼 훗날 이런 시대가 온다면 사실 불행한 일이 될 것이다. 아무리 그래도 인간의 영역을 로봇에게 내어 주는 일은 없기를 바란다.

17편의 시를 골라서 해설을 달아 보았다. 어려운 평을 하기보다는 이 시를 쓰게 된 동기와 이

시를 읽고 난 후 느낌과 독자에게 질문도 던져보고 해답도 던져주기도 하면서 나름대로 시에 대한 재미를 더해 주려고 노력했다. 나는 난해한 시를 선호하지 않는다. 그렇다고 저급한 문장으로 독자에게 아무런 감동도 없는 시를 선

보이고 싶지도 않다. 읽음으로써 무언가는 삶에 도움이 되고 학식을 얻는 데 도움이 되며 생각하게 하는 문장을 남기고 싶다. 그러므로 끊임없이 갈고 닦아서 신선한 시를 남기고 싶다. 내가 좋아하는 시는 김춘수 시인이나 유치환 시인이나 서정주 시인 같은 풍의 시를 추구한다. 고도의 감각으로 많은 애송시를 남기는 옛 시인들의 시심이 얼마나 감동적인가? 새로운 것 난해한 시만 추구하다가 독자의 마음에 아름다운 삶의 방향과 시의 향기를 전하지 못한다면 아무리 시를 쓴들 무슨 의미가 있겠는가? 시대에 따라 문예 사조가 형성되겠지만 반짝 흘러가는 시가 아니라 영원히 회자 되는 좋은 시를 쓰는 시인들이 많이 나왔으면 좋겠고 나도 그 길을 걸어갈 것이다.

이번 시집에는 서정시와 사랑 시를 담으면서 고민을 많이 했다. 인간의 본능적 욕구를 좀 신랄하게 썼다고 외설이라고 단정 짓고 시인을 짓밟아 버린다면 밤을 지새우며 어떻게 하면 솔직하고 아름답게 표현할까 노력한 것이 모래성이 될까 걱정이 되기도 한다. 그래서 몇몇 분에게 여쭤보았다. 이 정도는 외설이라고 할 사람이 없다고 용기를 내라고 조언해 주셨다.

이제 주사위를 던진다. 누군가에게는 가슴에 꽂혀 한 송이 꽃처럼 피어나는 시가 되기를 희망하며 어쭙잖은 해설을 마친다.